Ramène PAS ta FRAISE!

Livre éco-conçu

Terre vivante a réalisé en 2010 la première analyse du cycle de vie (ACV) d'un livre en France. Cette étude nous a permis d'identifier les impacts de la fabrication d'un livre sur l'environnement, dans l'objectif de les limiter. Pour en savoir plus : *Fabriquer des livres, quels impacts sur l'environnement ?* sur www.terrevivante.org

Le papier choisi pour cet ouvrage est issu de pâte vierge produite écologiquement en Europe à partir de forêts gérées durablement.

Ce livre est de plus imprimé en France, par un imprimeur soucieux de préserver l'environnement à travers des actions d'économie d'énergie, de valorisation des déchets, d'utilisation de produits moins nocifs pour la santé des travailleurs...

Terre vivante, 169 chemin de Raud, Domaine de Raud, 38710 Mens
Tél. 04 76 34 80 80
email : info@terrevivante.fr
www.terrevivante.org

Direction éditoriale : Brigitte Michaud
Coordination éditoriale : Cécile Baillargeat
Conception et réalisation graphique : David Cosson (dazibaocom.com)
Photogravure : C'limage

ISBN : 978-2-36098-697-2

Illustrations de **Mathilde Magnan** | Textes de **Pascal Aspe**

Ramène pas ta FRAISE !

Expressions et dictons du jardin

40 ans ! terre vivante

SOMMAIRE

06

INTRODUCTION

Jardiner, c'est quoi ? Accompagner la nature pendant un petit moment, faire avec elle le temps d'une journée, d'une année ou plus ? S'émerveiller du cycle des saisons, à la fois si différentes et si répétitives ? Prendre le temps d'observer, de voir pousser… ou pas ? Sûrement un peu de tout ça. Quoi qu'il en soit, le jardinier, qu'il cultive juste un pot de basilic sur le rebord de sa fenêtre ou un grand potager à la campagne, aura toujours mille et une anecdotes à raconter. Le jardin, la météo et les légumes sont ainsi à l'origine de nombreux dictons et expressions, œuvres de poètes jardiniers ou de jardiniers à la langue bien pendue. Quant à savoir si ces expressions et ces dictons ont une origine fondée ou non, c'est une autre histoire. Le fameux et indétrônable « un binage vaut deux arrosages » est l'un des plus célèbres, mais son auteur reste un illustre inconnu. Ce dicton mériterait toutefois une petite mise à jour, avec les techniques du moment, à savoir : « un paillage vaut cinq arrosages » ! Ainsi, la météo change, mais les pratiques aussi. Et si certains de ces dictons semblent encore d'actualité, d'autres ne le sont plus et de nombreux méritent encore d'être inventés. Dans tous les cas, ils restent dans l'imaginaire collectif et font partie du monde du jardinage !

08

Expressions et dictons du jardin

Regarder un NAVET

Dans la nature et tout simplement au jardin, ce ne sont pas les raisons de s'émerveiller qui manquent. Admirer les cercles rouge et blanc concentriques d'une betterave *Chioggia* coupée en deux. Examiner la parfaite régularité de l'emboîtement des feuilles d'un poireau fendu sur sa longueur. Contempler l'étrange répétition fractale des motifs du chou *Romanesco*. Observer la finesse des étamines d'une fleur de coquelicot. Ou regarder un navet… à vous de choisir ! Dans tous les cas, comme le dit Geneviève, jardinière à Terre vivante : « Ne te laisse pas distraire de la beauté des choses. »

Allez ! Mais embrasse-la enfin !
Oooh comme c'est romantique !
Oh Stiveun ! Enfin seuls...
Ah ! Paméla ! Amour de ma vie !

En janvier, NEIGE vaut fumier

La légende raconte que la neige apporterait de l'azote au sol, et que cela permettrait de le fertiliser. Mais une étude récente montre qu'en réalité, le fait qu'elle isole la terre du froid limite la minéralisation (la transformation en éléments minéraux assimilables) de l'azote du sol pendant l'hiver. La neige n'apporterait donc pas plus d'azote que la pluie, mais permettrait de garder précieusement la ressource azotée du sol en limitant les périodes pendant lesquelles celui-ci est gelé. Au jardin bio, le paillage joue certainement aussi un peu ce rôle, une raison de plus pour garder les sols couverts pendant l'hiver. De quoi aussi remettre en question l'intérêt de laisser les sols argileux nus en hiver pour favoriser les alternances de gel et de dégel qui décompactent le sol en surface. Quant à la neige de février... ça reste un mystère !

Eh beh ! Il a pris un coup d'chaud Jacky ?
Il m'a dit : "Regarde toutes ces bouses de neige ! On peut pas laisser passer une occas' pareille !!"
C'est la 10e boulette depuis ce matin...
hh... pffff .... Hhhh .... pffff... Hhhh... pfff... Hhhh... pffff...
Gnnnnniiii

2 février

CHANDELEUR claire, l'hiver derrière, chandeleur trouble, l'hiver redouble

Cette année, à la chandeleur il fera beau, c'est sûr ! Grand ciel bleu, signe de la fin précoce (un peu trop...) de l'hiver. Seulement voilà, à peine 19 jours plus tard, la sentence tombera de nouveau : « À la saint Pierre Damien (21 février), l'hiver reprend ou s'éteint. » Zut alors ! Que faire ? Eh bien, on attend. Parce qu'après tout, à la chandeleur, la seule chose dont on soit à peu près sûr, c'est de pouvoir manger des crêpes ! On en profite pour inviter tout le quartier à partager ce moment et à lancer collectivement les premiers semis au chaud, aubergines et poivrons en tête. Et comme dirait mon voisin : « Chandeleur pas nette, reste à la buvette ! »

Alors ?? Qu'est-ce que ça dit ?
Huuumm... C'est pas pour tout de suite les semis d'aubergine !

S'occuper de ses OIGNONS

L'oignon n'est pas le légume qui demande le plus de soin. Frugal, rarement malade, on peut dire que sa culture n'est pas compliquée. D'ici à dire qu'on n'a pas besoin de s'en occuper, il ne faut quand même pas exagérer. Un point crucial à ne pas rater si vous voulez réussir vos oignons : le stade 6 à 7 feuilles, à partir duquel il est très affecté par la sécheresse. Continuez donc de les arroser régulièrement si la pluie n'est pas au rendez-vous, mais arrêtez en revanche les arrosages lorsque le bulbe a fini de grossir pour permettre une bonne conservation après récolte. Pour faire court, occupez-vous de vos oignons !

Ouuuh, mais tu plantes tes échalotes comme ça toi ? Moi, je fais pas comme ça ! D'abord faut les trier par ordre de taille, pis les planter en arc de cercle... Là... tu vois... dans le sens inverse des aiguilles d'une montre, pis faut les arroser avec de l'eau gazeuse ... Et pis faut aussi f
OH ! occupe-toi de tes oignons plutôt, hein !
OIGNON DOUX
OIGNON LÉZIGNAN

5 février

À la sainte AGATHE plante l'oignon, même dans la glace

Certes, pour avoir de beaux oignons, il faut les planter dès le début de la saison. (Les jardiniers du pourtour méditerranéen les plantent eux plutôt à l'automne, les rares épisodes de gel et le climat hivernal assez doux ne mettant pas en péril la culture.) Mais même s'il vous faut jardiner quand il fait froid, évitez de planter lorsque le sol est gelé. Non seulement vous auriez du mal à l'ameublir et à préparer le lit de semence ou de plantation, mais vous risqueriez surtout de casser la précieuse structure du sol, le fameux couscous ou crumble qui se forme sous l'action positive des êtres vivants. Alors, s'il gèle à la sainte Agathe, pour les oignons, c'est pas la bonne date !

Et hopch ! Encore un p'tchi par jà ! Ouh ! cha je plantje tout jeul chette année !
?
Comment ja crachj ??
CRAAC !
Rhôôlalaa... C'est Martine ? Ça s'arrange pas dis...
Non, mais ça divertit !

Ne pas avoir un RADIS

Rien ! Le potager est désespérément vide. Même pas un radis. Il faut dire qu'entre les limaces, les escargots, les altises et les oublis d'arrosage, on n'a pas forcément été aidé. Alors on recommence, et pour mettre toutes les chances de notre côté, on prend quelques précautions : on évite les paillages à base de tonte fraîche pour éviter les gastéropodes, on couvre d'un filet anti-insectes si les altises reviennent avec les chaleurs, et on missionne les enfants pour arroser. Avec ça, vous n'aurez plus d'excuse pour dire : « J'ai plus un radis ! »

ALLez, juste un !
NAN!
Et si je te dis que tu es le phénix, tout ça, tout ça, des bois?
J'Ai DIT NAN!

MARS change sept fois de casquette

Vent, giboulées, soleil, pluie, gel, neige… Il est vrai que le mois de mars, qui marque pourtant l'arrivée du printemps et le grand démarrage de la saison de jardinage, reste assez imprévisible. Profitez des jours de pluie pour lancer les semis au chaud : tomates, basilic, cosmos… mais aussi pour finir le plan de votre jardin. Ainsi, dès que le temps le permettra, plus de questions à se poser : ni une ni deux, vous saurez où mettre les petits pois et les salades. Vous gagnerez ainsi en efficacité sans regretter les jours de pluie, épisodes bénis pour les arrosages, la nature et les morilles !

Lundi :
Mardi :
Brrrr
Mercredi :
goutte !
Jeudi :
Pffff...
Soupir !
Vendredi :
Samedi :
Dimanche :

20 avril

À la saint THÉODORE fleurit chaque bouton d'or

Le bouton d'or, de son petit nom latin *Ranunculus acris*, est à l'origine d'un jeu d'enfant qui consiste à mettre la fleur sous le menton d'un copain : son beau jaune lumineux se reflète sur la peau avec une couleur plus pâle se rapprochant de celle du beurre… ce qui signifie que la personne aime le beurre ! Mais ne confondez pas le bouton d'or avec la renoncule rampante, bien connue des jardiniers, car son désherbage ne compte pas pour du beurre, lui ! Aimant les sols lourds et humides, cette plante vivace prolifère rapidement dans les jardins à grand renfort de stolons. Une seule solution pour limiter l'envahisseur : la gouge à désherber pour ôter entièrement les racines, mais surtout de la patience et de l'huile de coude !

Tu penses que ça marche avec tout ?
Quoi, genre... : "À la Saint Patrice, il pousse des saucisses" ?
Bah ouais, par exemple. Ou alors : "À la sainte Georgette, mange ta ciboulette."...
Ah oui, c'est bien ça aussi !
"À la saint Jocelin, fait pas ton malin"...
AHAHAH !

Raconter des SALADES

***O**reilles du Diable, Goldorac, Grosse blonde paresseuse, Saint Jean l'Agneau, Bronze mignonnette, Craquerelle du Midi, Reine des glaces…* **Décidément, les variétés de laitue, c'est toute une aventure. Si seulement elles pouvaient parler pour nous raconter leur histoire, cela comblerait aussi bien les longues soirées d'hiver que le feuilletage rêveur des catalogues de semenciers. Si vous hésitez entre les mille et une variétés disponibles, je ne saurais que trop vous conseiller la *Dorée de printemps*, une valeur sûre pour la première fraîcheur du jardin !**

!!
NAAAAAAN?!!...?
C' PAS VRAi?!!
MAiS Si! MAiS Si!

Sème tes haricots à la SAINTE CROIX tu en auras plus que pour toi

Nains ou grimpants ? Beurre ou verts ? À écosser ou mangetout ? Vaste monde que celui des haricots, avec richesse de couleurs, de formes et de grains incroyable. Ma préférence va toutefois aux haricots beurre nains. Souvenir d'enfance des haricots et pommes de terre en vinaigrette tout juste récoltés dans le jardin des grands-parents, mais surtout préférence jardinière tant ils sont productifs et surtout faciles à récolter car plus visibles que les haricots verts parmi les feuillages. Côté variétés, essayez donc le classique *Major* ou *Beurre de Rocquencourt*, vous ne serez pas déçus…

Pfchiou ! CROUNCH ! Si j'aurais su... CROC !
MIOUM ! J'en aurais pas mis autant ! SCRUUNCH !!

Ramener sa FRAISE

Lézards, escargots, limaces ou même blaireau… Avant de pouvoir fièrement ramener votre fraise, il va falloir dans un premier temps que vos petites protégées échappent aux dents voraces des habitants de votre jardin. Et puis, quand elles seront enfin dans votre panier, tout n'est pas terminé pour autant. Parce qu'un petit dernier peut quand même ramener sa fraise dans votre cuisine, à savoir la pourriture grise (ou botrytis). Comme l'humidité et une température élevée favorisent son développement, évitez de laisser vos fraises trop longtemps dans un saladier rempli à ras bord dans un endroit chaud et mangez-les au plus vite !

Eh oooh! Regardez ce que je ramène !!
Oooh non! PAS Lui!!
PFFF TOCARD VA!!
Faut toujours qu'il fasse mieux que tout le monde celui-là!
Et gnagnagnaa, c'est moi qui ait la plus grosse ...

À la sainte PRUDENCE s'il y a du vent les moutons dansent

Temps nuageux, petits moutonnements à l'horizon et voilà que le mistral ou la tramontane vient pousser les nuages. Mais si les moutons dansent, les tomates aussi ! Du moins pour ceux qui les ont déjà plantées le 6 mai. N'oubliez pas de les tuteurer au plus vite pour éviter la casse, surtout si vos plants ont un peu le syndrome de la girafe, c'est-à-dire qu'ils sont grands et fins. À l'avenir, pour éviter cela, faites-les grandir dans un endroit très lumineux et surtout évitez les surchauffes pour qu'ils grandissent doucement !

Allez ! On passe au Mambo !
Hein?? Mais j'ai toujours pas compris les pas de la salsa moi !
Moi je voudrais le quart d'heure américain !
Pfff... À chaque fois c'est pareil ! 3 heures pour faire ma mise en pli, un coup de vent, et zou ! C'est fichu !
Andromaque ! mets ta laine !

Sucrer les FRAISES

Si la *Gariguette*, légèrement acidulée, mérite un peu de sucre, d'autres variétés, nettement plus douces au goût, n'en ont pas besoin ou vraiment très peu. Essayez donc la *Mara des bois*, ou encore *Magnum* et *Madame Moutot*. Plantez-les de préférence en fin d'été, de mi-août à début octobre, si possible à mi-ombre pour leur éviter les fortes chaleurs. Lors de la cueillette, évitez d'envoyer papi, qui risque avec la tremblote d'abîmer la récolte. La seule question qu'il vous restera à trancher sera alors de savoir s'il vaut mieux picorer les fraises au jardin ou remplir le saladier pour le dessert, quitte à laisser quelqu'un sucrer les fraises, cette fois !

Ça y est Huguette !
J'y ai tout mis hein,
c'était bien ça ??

S'il pleut à la saint MÉDARD c'est du beau temps pour les canards

Qu'il pleuve à la saint Médard, à la saint Gérard ou à la saint Bernard, la pluie c'est toujours du beau temps pour les canards ! Mais la pluie de la saint Médard, c'est aussi du beau temps pour votre jardin, parce qu'une pluie le 8 juin, c'est toujours ça de gagné sur les arrosages. Coté quantité, espérez qu'il pleuve au moins 10 mm, soit 10 litres d'eau par mètre carré, pour que le sol soit bien humidifié en profondeur. Si la pluie est moins importante, profitez-en pour compléter et ainsi réaliser un arrosage conséquent. Mais au fait, juste pour savoir : et s'il pleut à la saint Jacquouille, c'est du beau temps pour les grenouilles ?

MAMAAAAAN !
ON A FAiiiM !!
bloup! bloup!
2 minutes les enfants, papa cueille des radis !

Avoir un cœur D'ARTICHAUT

Chez l'artichaut, plus on va vers le cœur, plus les « feuilles » sont tendres. Mais quand on mange un artichaut, on consomme en réalité des bractées ! Botaniquement parlant, les bractées, qui sont charnues dans le cas de l'artichaut, sont des pièces florales dont la forme ressemble à une feuille. Le cœur de l'artichaut, lui, est en fait le réceptacle floral, c'est-à-dire la partie plus ou moins large où sont insérées d'autres pièces florales, à savoir : sépales, pétales, étamines et pistil. Avec son cœur de rockeur, Julien Clerc n'a jamais su dire « je t'aime », mais peut-être qu'avec un cœur d'artichaut, il aurait au moins pu offrir une fleur !

... Un peu, beaucoup,
passionnément,
à la folie...

Être rond comme un PETIT POIS

Certes, d'une manière générale, un petit pois, c'est rond. Mais à chacun sa rondeur ! En effet, une fois secs, les grains de certaines variétés sont ronds à grain lisse, tandis que d'autres ont le grain ridé. Mais quelle différence cela fait ? Eh bien, les variétés à grain lisse sont généralement plus précoces et plus résistantes au froid, alors que les variétés à grain ridé sont plus sucrées et résistent mieux à la chaleur. Attention toutefois à ne pas être trop souvent rond comme un petit pois, sous peine de finir ridé prématurément !

Mais enfin Josiane ! Qu'est-ce que tu fais ??
Ze fais le petit poiiiiis ! Ze suis toute ronde ! HIC !! T'as vu ?! Hips !

Si à la SAINTE ANNE les fourmis façonnent un nouveau nid, l'hiver sera rude

Bon alors là, chapeau… avec ce pronostic du 26 juillet pour l'hiver à venir, Météo France peut aller se rhabiller. Seuls bémols : il faut d'abord trouver des fourmis (comme c'est les vacances, on peut faire ça avec les enfants après la sieste), et surtout… identifier un nouveau nid ! La période de vol nuptial des fourmis, variable selon les espèces et les conditions météorologiques (les orages et la pluie sont des épisodes favorables), s'étale généralement du printemps à l'automne. Mais… à quoi ressemble un nouveau nid ?
Du coup, pour ce qui est des perspectives météo à la sainte Anne, ce sera plutôt :

- « Anne, ma sœur Anne, ne vois-tu rien venir ?
- Je ne vois rien que le soleil qui poudroie… »

(Charles Perrault, *La Barbe bleue*)

Alors ? Que nous dit le fourmiliomètre ?
On va se peler !!
hiver rude
hiver froid
hiver doux
26 mai
Sortie n°2
Sortie n°3
Salle de bain
Sortie n°4
Salle de garde
Sortie n°1
crèche
garde manger
dortoir
chambre royale
Couveuses
il nous faut plus de place !
Bien madame !
Chantier interdit au public
26 Juin
Solarium
Sortie n°5
Sortie n°6
Sas de décompression
Sortie n°3
Sortie n°2
Salle de garde
Salle de bain
Sortie n°4
Sortie n°1
gardes-manger
crèche n°1
crèche n°2
Dortoir
couveuses
chambre royale
iL nous faut plus de place !
Bien madame !
26 Juillet
Solarium
Sortie n°5
Ah tiens ?! Il arrive ici ce tunnel ?
Sortie n°7
étable à pucerons
casse croûte
Sortie n°6
Sortie n°3
Sas de décompression
Salle de bain-jacuzzi
Sortie n°2
belote !
garde manger n°2
passage secret
Sortie n°4
Cabinets
Vous êtes ici
Sortie n°1
garde manger n°1
Crèche n°1
Salle des pas perdus
Crèche n°2
Dortoir
Couveuses
chambre royale
iL nous faut plus
OH ! ça va oui !?
Home cinéma

Avoir été élevé au jus de CONCOMBRE

Le concombre, c'est en moyenne 96 % d'eau et 14 calories pour 100 g, soit environ 35 calories pour un concombre entier. Avec de telles statistiques, ce n'est pas forcément l'aliment le plus adapté pour grandir. En revanche, sa richesse en antioxydants, surtout quand il n'est pas pelé, en fait un chouchou des cures détox. Choisissez-le bio bien évidemment, d'abord pour la planète, mais aussi pour votre santé (à quoi bon faire une cure détox avec un légume contenant des résidus de pesticides ?). En comparaison, une canette d'un soda bien connu de tous, c'est environ 140 calories, soit l'équivalent de quatre concombres…
Oh punaise !

Oh ! Celui-Là, il a vraiment été élevé au jus de concombre !
c'est toi concombre !
Ah m'en parlez pas ! Un vrai navet !!

Être rouge comme une TOMATE

La tomate rouge, c'est un peu cliché. Comme la carotte orange ou encore le haricot vert. Alors pourquoi pas… être vert de rage comme une *Green Zebra*, rire jaune comme la *Saint Vincent* ou être blanc comme une *Beauté blanche* ? Quand on connaît la diversité du monde des tomates, difficile de s'arrêter à la couleur rouge. Alors… n'hésitez pas à varier les formes et les couleurs, pour le plaisir des yeux au potager mais aussi des papilles dans l'assiette.

Pfff... HHH... pfffiou !
Quelle course !
Et vous, vous avez mis combien de temps ?
?
ARRIVÉE !

5 août

À la SAINT ABEL faites vos confitures de mirabelles

Franchement, à la vue des températures estivales de ces dernières années, si on veut faire des confitures le 5 août… mieux vaut prévoir de se lever tôt ou de se coucher tard pour éviter de surchauffer la maison. Sauf bien sûr pour les veinards qui ont la chance d'avoir la petite cuisine d'été qui va bien avec treille, barbecue et tout le toutim.

Pour les autres, préférez le 12 août pour avoir un peu plus frais, parce qu'avec un peu de chance, « s'il pleut à la sainte Clarisse, c'est souvent comme vache qui pisse », mais évitez absolument la fin du mois, puisqu'« à la sainte Monique (27 août), te plains pas si le soleil te pique ! »

Et à la Saint Bricot, faites vos confitures...
D'ARTICHAUTS !!
Mais... non... enfin... T'as rien compris...
-Cot ?
SUCRE

Se renvoyer la PATATE chaude

Quelle est la patate chaude du jardin bio, celle qu'on aimerait bien refiler à son voisin ? En pôle position, on trouve la gestion d'un compost en excès d'humidité ! Vous savez, ce compost qui non seulement sent mauvais, mais qui grouille aussi de moucherons quand vous l'ouvrez et qui laisse même parfois filer un petit peu de jus noir nauséabond par terre. Une seule solution pour résoudre le problème : tout sortir à la fourche, aérer, ajouter de la matière sèche et remplir à nouveau le bac. Mais bien souvent, personne ne veut s'y coller, alors chacun tente un truc à son tour, comme laisser le couvercle ouvert ou recouvrir le tout de paille pour cacher la misère, en attendant que la patate refroidisse…

SUJETS BOUILLANTS
DOSSIERS FUMANTS
INFOS TIÈDES
AFFAIRES REFROIDIES
C'est bien ici qu'on se débarrasse de sa patate ?
Oui, oui ...
C'est à quel degré de cuisson ?
Plus c'est chaud, plus c'est cher !
Allez vite ! On se crame les élytres là derrière !!

Avoir la PATATE

S'il y a bien un aliment qui met tout le monde en joie, ce sont les frites maison ! Mais pour qu'elles soient bonnes, il faut les préparer avec de bonnes patates. La variété *Ratte* a été mise à l'honneur par Joël Robuchon pour sublimer la purée, mais la *Bintje* et la *Mona Lisa* restent quand même les reines de la frite ! Bien grillées ou plus moelleuses, le choix va être difficile. Après ça… c'est certain, vous aurez la patate, et même la frite ! Mais n'oubliez pas, comme on dit : « C'est ceux qui en parlent le moins qui en mangent le plus ! »

Whouhou! J'ai une de ces frites moi ce matin !

Courir sur le HARICOT

S'il y en a bien une qui nous court sur le haricot, c'est la bruche ! La femelle de ce coléoptère (*Acanthoscelides obtectus* de son petit nom latin) a le don de pondre des œufs sur les gousses de haricot derrière votre dos. Au bout de deux semaines, les larves se développent et pénètrent à l'intérieur, puis creusent des galeries dans les grains. En plus de les rendre impropres à la consommation, cela rend aussi les grains inutilisables pour la semence. Mais comme les larves ne se développent que dans les grains secs, une bonne solution consiste à les congeler juste après la récolte pendant une semaine avant de les stocker, afin d'éliminer la larve avant qu'elle ne fasse des dégâts.

Boing!
Boing!
ATTRAPE!
flap'
C'est pas un peu fini non!?
Ça va bien 2 minutes ce vacarme !
J'ai dit : On ne COURT PAS sur les haricots !!!

Être haut comme TROIS POMMES

Trois pommes, c'est sûr, ce n'est pas bien haut. Mais selon la pomme choisie, la différence est de taille. Ainsi, le pommier *Evereste* produit des petites pommes de 3 cm de diamètre environ, alors que le pommier *Grand Alexandre* offre de belles pommes de 15 à 20 cm. Et quand on sait qu'il existe plus de 2 300 variétés de pommiers en France, être haut comme trois pommes, ce n'est pas très grand certes, mais ça laisse quand même un peu de choix !

Et Qui va finir Le dos en compote ? Hein?

À la saint ONÉSIPHORE la sève s'endort

Sans vouloir exagérer, le 6 septembre, c'est un peu tôt pour que la sève s'endorme... surtout avec ce qu'il se passe en ce moment. Si si, vous savez, le truc qui fait que chaque année vous trouvez la gestion de l'eau de plus en plus complexe au potager. Côté flux de sève chez les végétaux, on observe généralement un ralentissement en automne lié à la baisse des températures, puis un arrêt au début de l'hiver en raison de la chute des feuilles. Alors, à moins que vos arbres soient complètement défeuillés à cause de la sécheresse, il est peu probable que la sève soit endormie à la saint Onésiphore.

ÇA SUFFIT ! maintenant on DORT !
Mais on a PAS sommeil !!
Dites OH ! c'est pas un peu fini ce chahut ?!
Ah vous allez pas vous y mettre aussi hein !
Mais y Dorment PAAAS chez les pinsons !
Les voisins sont d'un bruyant !
HEIN ?
Doucemeeent s'endort la terreuuu... Dans le soiiir tooombaaant...
Feeermeee viitee tes paupièreeees Dors mon tout petit enfaaant...
MAAH ! Tout de même !
C'est pas trop tôt !
Allez ! pipi, les dents et au lit !

Avoir des POIS CHICHES dans les oreilles

L'avantage des pois chiches, c'est qu'ils ont à peu près la même taille que les boules Quies. Pratique donc pour s'isoler du bruit. En plus, comme ils vont par deux dans chaque gousse, on peut se contenter d'une seule. À noter que les petits pois pourraient aussi faire l'affaire, à condition toutefois de ne pas trop les enfoncer dans le conduit, sous peine de finir sourd comme un pot. En plus, comme on peut trouver jusqu'à huit ou neuf petits pois par gousse chez la variété *Petit provençal*, une seule permet de boucher les oreilles de toute la famille !

T'as des pois chiches dans les oreilles !
HEIN ?
Je dis que tu as des pois chiches dans les oreilles !!
Quoi ??
JE TE DIS QUE TU AS DES POIS CHICHES DANS LES O-REI-LLEUU !!!
HEIN ? Mais j'entends rien ! J'ai des pois chiches dans les oreilles !
Plinj !

À la saint FIRMIN on attrape les mouches à la main

Mouche mineuse du poireau, mouche de la carotte, mouche du chou... autant de ravageurs dont la gestion n'est pas évidente. Mais heureusement, la nature est bien faite ! Guêpes parasitoïdes, carabes et staphylins permettent de réguler la population de ces petites bêtes. Pour attirer ces auxiliaires dans votre jardin, diversifiez les habitats (tas de bois, pierres, herbes hautes...) et mettez des fleurs partout, surtout de la famille des Apiacées comme la coriandre, le cerfeuil, l'aneth... Après, plus besoin d'attraper les mouches à la main, la nature fera son œuvre.

OH! On avait dit À LA MAIN!!
Ouais tu triches!! Mais de toutes façons c'est moi qui gagne!
SSSsssLOP!!
aïe!

Avoir un asticot dans la NOISETTE

On devrait plutôt dire… « avoir une larve de balanin dans la noisette » ! En effet, lorsque vos noisettes se mettent à tomber prématurément et que leurs coquilles se parent d'un petit trou, le responsable n'est pas un vulgaire asticot, mais le balanin ! Ce petit insecte, qui mesure entre 7 et 8 mm, est une sorte de charançon qui vient pondre ses œufs dans les noisettes à peine formées à la fin du printemps. Pour gérer le problème, ramassez les noisettes atteintes et binez légèrement le sol sous le noisetier en hiver pour exposer au gel les larves, qui passent la saison froide à quelques centimètres de profondeur.

ALooooors ... où j'ai caché ma réserve, déjà, moi ??
Et où j'ai posé mes lunettes ?...
Mais ? Et qui m'a donné cette noisette ??
?

Ne plus avoir de CRESSON sur la fontaine

Parfois, la fontaine se tarit et le cresson s'en va comme le poil du caillou. Alors autant dans la vraie vie les solutions ne sont pas toujours faciles à mettre en œuvre, autant au jardin il existe une véritable alternative : le cresson des jardins. Cette plante bisannuelle de la famille des Brassicacées, comme la roquette ou le radis, produit des feuilles à la saveur piquante et au goût légèrement acidulé. Elle aime les sols frais, humifères, et préfère une ombre légère. Le semis s'effectue de mars à août et la récolte a généralement lieu deux mois plus tard. Alors, si la fontaine s'est tarie et qu'il n'y a plus de cresson, essayez le cresson des jardins !

Bah alors ?
Il yoyote de la touffe
Alain, ou quoi ??
Il craint les coups
de soleil ?
`glou ?
Chuuuuut ....
Il cache sa
calvitie...

Avoir une ARAIGNÉE dans la coloquinte

Les jardiniers ont parfois des idées saugrenues : la taupe serait hémophile, une goutte d'eau sur une feuille risquerait de la brûler, l'euphorbe épurge ferait fuir les campagnols… Toutes ces croyances sont fausses, mais elles ont la vie dure. Quant à savoir d'où elles viennent, c'est une autre histoire. À l'époque, pas d'internet ni de réseaux sociaux pour propager des informations erronées, tout se transmettait de bouche à oreille. Peut-être que leur point de départ était un jardinier un peu loufoque, qui avait une araignée dans la coloquinte ?

BAH ?! Qu'est-ce qu'il fait Robert ?
Béh, tu vois bien qu'il promène son chien !
OUAF !
Allez Médor, fais le beau !

Appuyer sur le CHAMPIGNON

Qui, dans son enfance, n'a jamais écrasé une vesse-de-loup (*Lycoperdon perlatum*) pour admirer le nuage de fumée marron jaune que forment les spores qui s'en échappent ? Vous croyez peut-être avoir devant vos yeux le champignon, mais ce que vous distinguez n'est en réalité que son organe reproducteur, appelé aussi « sporophore ».
Le champignon est bien là, mais invisible, tapi dans le sol sous forme de mycélium (filaments blancs). Si ce dernier se développe très lentement, le sporophore est en revanche un champion de l'expulsion des spores, certaines espèces les éjectant à une vitesse allant jusqu'à 100 km/h… Chauffeur, si t'es champion, appuie sur l'champignon !

Oh Là Là ! Je suis en retard !
Pouic !
Pouic !
Pouic !
Pouic !
Pouic !
Pouic !
Pouic !
Pouic !

OCTOBRE en gelées, chenilles trépassées

Si les froids hivernaux ne sont pas toujours la panacée au potager, ils permettent en tout cas de limiter la prolifération de certaines espèces. Mais d'ici à rêver d'éradiquer les chenilles, il ne faut pas exagérer, parce qu'il y a chenille et chenille ! En plus de servir de garde-manger aux oiseaux ou aux gros lézards verts, les chenilles sont quand même l'antichambre des papillons. S'il n'y a plus de chenilles, adieu machaons, citrons et autres vanesses. Alors oui, les gelées sont bienvenues, vraiment bienvenues, mais octobre reste quand même une période un peu précoce. Et puis si les chenilles trépassent, il ne faut pas oublier que les tomates aussi y passent !

Des belles chenilles comme ça ! Faut pas les gâcher !!
À TAAAAABLE !
Et attention, on ne recongèle jamais un produit décongelé...
fllbll

10 novembre

À la SAINT LÉON mets tes artichauts en monts

Plutôt adapté aux climats doux, l'artichaut n'aime pas lorsque la température descend régulièrement en dessous de – 5 °C. Pour le protéger, il convient de le butter avant l'arrivée des grands froids. On ramène de la terre sur son pied à l'aide d'une binette sur une hauteur de 20 cm environ, puis on couvre avec de la paille ou des feuilles mortes en prenant bien soin de recouvrir aussi le cœur de la plante. Lors des belles journées ensoleillées, pensez à aérer en enlevant le paillage et à vérifier que tout va bien, notamment côté campagnols. Dès l'arrivée du printemps, en mars, vous pourrez retirer définitivement le paillage et peut-être même prélever une petite pousse (œilleton) dans la butte de terre pour agrandir votre plantation !

MONT AIGOUAL
MONT BLANC
MONT SAINT MICHEL
Alooors...
Comment je vais l'appeler celui-là ? Voyons, voyons...

Se prendre le CHOU

Cultiver le chou au jardin, honnêtement parfois ça prend le chou ! Premier défi à réussir au printemps : échapper aux dents voraces des limaces si le temps est humide, ou aux piqûres d'altises, petits insectes piqueurs, s'il fait chaud et sec. Vous avez passé cette étape ? Bravo. Il vous faut maintenant affronter la chaleur de l'été, et le risque d'arrêt végétatif si vos petits protégés viennent à manquer d'eau. Mais ce n'est pas tout. Vous devrez ensuite gérer les piérides, dont les chenilles viendront se goinfrer des feuilles des survivants. Et c'est seulement une fois arrivé au sommet du donjon que vous pourrez enfin récolter, à moins que le boss final, lièvre ou chevreuil, ne vienne vous croquer la pomme sous le nez…

Dites ! OH ! Faut pas vous gêner ! J'étais là avant !
Mais pas du tout ! C'est MON CHOU !
N'importe quoi ! C'est chez Moi !
MAIS NON !
MAIS SI !!

25 novembre

À la sainte CATHERINE tout bois prend racine

La fin du mois de novembre est la période idéale pour réaliser des boutures sur bois sec, c'est-à-dire une fois que les arbres et arbustes à feuillages caducs ont perdu leurs feuilles. Rien de plus simple à réussir : il suffit de prélever des rameaux de 20 à 30 cm d'une pousse de l'année et d'enterrer les deux tiers inférieurs de la bouture. Les nouvelles pousses apparaîtront au printemps. Parmi les boutures les plus faciles : le groseillier, le cassissier, l'amélanchier, le forsythia… Mais rien ne presse, quelques semaines après la sainte Catherine, ça marche aussi. N'ayez donc pas peur si vous suivez le calendrier lunaire à la lettre, parce qu'il serait étonnant que sainte Catherine et lune descendante soient en phase…

ÇA MARCHE !!
Tsss...
Dommage qu'on n'ait pas de dents !
TEST n°1 RÉUSSI !
TEST n°2 EN COURS...

Faire le POIREAU

Pour produire ses plants de poireau, il faut… poireauter ! On sème en février-mars sous châssis bien ensoleillé, on repique en mai-juin au jardin pour une récolte de fin d'été. Délai minimum de l'opération : 6 mois. Pas forcément engageant pour les débutants, même si le poireau vinaigrette avec les œufs du poulailler reste un must. Si vous vous lancez dans l'opération, n'oubliez pas de couvrir vos plants d'un filet anti-insectes dès leur plantation pour éviter la mouche mineuse du poireau. Et si votre patience a des limites, optez plutôt pour des plants de salade, c'est plus rapide et plus facile !

Et... vous attendez comme ça depuis longtemps ?
Dites donc ! On vous demande, à vous, ce que vous faites dans le potager ?
C'est qui la grosse poule papa ?
Ces pigeons sont d'un sans-gêne !

À NOËL les moucherons, à Pâques les glaçons

Ce dicton est une variante du célèbre « Noël au balcon, Pâques au tison ». Mais pourquoi des moucherons ? Tout simplement parce que l'apparition de températures douces en plein hiver accélère la transformation de ce petit insecte, qui ne vit en moyenne que sept jours, alors qu'il devrait normalement hiverner sous forme de larve et ne réapparaître qu'au printemps avec les températures plus clémentes. D'ici à prendre les paris sur la météo de Pâques… mais quelle mouche vous a piqué ?

25 Décembre
Aaah! Cette année, on peut enfin fêter Noël sans se geler!!
À nous les restes de bûche et de foie gras!!
Bon ... ben c'est râpé pour les œufs en chocolat par contre ...
Ah, Raoul! N'en rajoute pas tu veux!!
Pâques

En DÉCEMBRE fais du bois et endors-toi

Repos ! Enfin presque : ranger la cabane de jardin puis nettoyer les outils et les nichoirs, trier les graines, commencer le plan du jardin… L'hiver est le moment privilégié pour organiser la future saison, mais aussi pour aménager l'espace afin d'accueillir la biodiversité. Un tas de bois, une vieille souche, des nichoirs de toutes sortes, un bout de haie, un muret en pierre sèche, une zone en friche… n'hésitez pas à varier les habitats pour attirer le plus d'espèces possible. Faites ça tranquillement en hiver, comme ça votre jardin sera prêt pour le réveil du printemps ! Pour la sieste par contre, il va falloir attendre encore un peu…

ZZZZzzzZzz...
ROOÔNFLLLLL...
Tsss.... C'est toujours pareil avec Dédé...
... il finit JAMAIS le boulot ! Quelle idée d'avoir engagé un loir !
Bé c'est l'jeu ma pauvre Lucette ! Y'avait pu' d'Castors.

Making-off

« À la sainte Catherine, tout bois prend racine »

(dessin définitif page 78)

Proposition n° 1

Mathilde travaille d'abord avec un crayonné bleu (au critérium, mine 0,5 mm) pour mettre en place les éléments et rectifier si besoin sans gommer (en BD, c'est ce qu'on appelle un bleu de coloriage). Elle fait une première proposition à l'éditeur, qui donne son avis sur le dessin.

Proposition n° 2

Trois jours plus tard, Mathilde propose un nouveau dessin, sur lequel l'éditeur donne à nouveau son avis.

JE PRÉFÈRE !

EST-CE QU'ON COMPREND BIEN QU'ILS VONT PLANTER DES OBJETS EN BOIS POUR LES MULTIPLIER ?

ET SI ON ENLEVAIT LE MERLE AU PREMIER PLAN POUR ALLÉGER ?

ON POURRAIT MONTRER DES TESTS RÉUSSIS DES ANNÉES PRÉCÉDENTES ?

Proposition n° 3

Encore quatre jours plus tard, Mathilde, très patiente, fait une troisième proposition.

ON POURRAIT AUSSI SIMPLIFIER LE TEXTE ?

OH SUPER, L'ARBRE À BROSSE À DENTS, ET SI ON LE METTAIT AU PREMIER PLAN ?

Proposition n° 4

Et quelques jours plus tard, après d'âpres discussions sur la composition de l'image, le texte des bulles… le dessin final est validé.

Dessin définitif en gris

Quand le crayonné est validé, Mathilde fait un crayonné « classique ». Elle réalise d'abord tout le dessin au critérium avec une mine fine (0,3 mm), puis revient sur les parties les plus contrastées avec un crayon gris plus gras (5B, 6B, parfois 8B pour les noirs très intenses). Ensuite, le dessin est scanné, passé en niveaux de gris et les traits bleus restants sont enlevés grâce à une fonction de Phostoshop.

Mise en couleur

Le dessin scanné est ensuite colorisé progressivement à l'ordinateur. Chaque couleur correspond à un fond réalisé à part à la main (avec des encres, des pigments…), scanné en parallèle et posé en transparence sur le crayonné. Un peu comme si on découpait et collait chaque partie en couleur du dessin, mais de façon beaucoup plus propre et plus pratique !

INDEX

Dictons

Expressions
(par ordre alphabétique de fruits et légumes)

Déjà PARUS

La vie érotique de mon potager
Xavier Mathias, dessins de Mathilde Magnan

La folle histoire des plantes
La BD qui ne raconte pas de salades !
Sandrine Boucher et Matthieu Ferrand

Fake news au jardin
Pourfendre les idées reçues, éviter les confusions
Aino Adriaens

Graines
Tous les savoirs, toutes les histoires,
tous les pouvoirs, tous les espoirs…
Sous la direction de Serge Schall

Le bonheur est au jardin
Permaculture, le plus court chemin vers la nature
Carine Mayo

Les lettres de mon jardin
Jean-Michel Caillaud

Le potager d'un frimeur
Toi aussi deviens une star grâce aux légumes
Xavier Mathias

Mon fabuleux jardin en permaculture
Légumes, fruits, fleurs, petit élevage et art de vivre
Marie Chioca

Achevé d'imprimer en France par l'Imprimerie de Champagne (Langres)
Dépôt légal : octobre 2021